それぞれのわたしに。

響木叉夜禾
Sayaka Hibiki

文芸社

あなたが
いつか
あなたを
みつけられますように。

contents

第1章　トンネル　　　7

第2章　探そう。　　　19

第3章　手を伸ばして。　　　47

第4章　love　　　99

第5章　ひかり　　　125

第1章 トンネル

哀しいコントロール。

時々ね。
わたし。
誰かをキズつけたくなるの。
なんでかわからず無性にね。
だからね。
わたし。
こわいの。
犯罪者になるワタシがこわいの。
だからね。
ワタシがわたしの手に負えなくなる前に
わたしはワタシを消す。
犯罪者にはならない。
ぜったいなってやるもんか…。

わたしの欲しいもの。

捜しても
捜しても
求める分だけ
寂しい思いをしてる。

「ほんとは何も知りたくないくせに。
誰の瞳にもまっすぐ笑えないでいるんだから。」

ここまで来たけど
ここは何処なの?
いつのまにか
とても寒くて。

本当に欲しいものが
わからなくなった。

わたしが寒い。

寒くて居た堪れなくなる。
わたしがずっと酷く寒い。
冷たくてやさしくなれない。
やさしくできなくてまた寒い。

ずっと壊れたくなかった。
誰にも壊されたくなかった。
それでヨカッタ。

心の時計が動かないまま
「好きな私」を育ててたんだ。

わたしが欲しい。

誰にやさしくいればいいの？
そのとき私は誰になればいいの？

「演じると決めたなら我を捨てるだけさ。」

苦しいよ。
好きな私にまだなれない。

ホントは
わたしでいたい。

「わたし」が欲しい。

長いトンネル。

何を書いたらいい。
こんな重い時間のなかで。

どうしようもなく
諦めを飲み干した。
次第にコントロールされてくアタマ。
どんどんカラダが落ちてゆく。
こわくないけどとても寂しい。
何のためのクスリ？
安定剤って言うんなら
安心させてみせてよ。
しょうもないもの相手に怒ってるねワタシ。
支離滅裂。

トンネル長いなあ…。

誰かに。誰かを。

解って欲しいと言って
私は許しを乞う。
解ってくれないと嘆いて
私は愛を乞う。
私が解ろうとしない限り
愛も許しも貰えない。

洪水。

今のわたしは洪水してる。
絶え間なく瞬間の感情がわたしのなかで。
溢れる。暴れる?
誰も被害に遭わないでお願い。
わたしの洪水。
わたしのなかだけで
洪水。

頑張るから大丈夫。

コントロールを飲んだあとの
わたしの表情。
鏡を見たくなくなる程で
ここで説明したくもない。
そんな顔を見なきゃならない
ママ、パパ、妹。
みんなが避けたくなる気持ち。
それは当然の動き。
分かってる。

いつも支えてくれてありがとう。
やさしく見守っててくれてありがとう。

わたしの暗闇は解ってもらえなくていい。
頑張るから
大丈夫。

ワタシ。

つめたいワタシがドアを叩く。
目を覚まさないで。お願い。
眠って。大丈夫だから。
安心して。
アナタを嫌いになったりしないから。
アナタを独りになんかにしないから。

なのに涙はいつものように。

私のために　暴れるんじゃないのに
痛いのは　私の体。
傷つくのはいつだって
何も悪くない　大事な体。
くやしさが
いつしかいまは
全てへのにくしみになった。
信じる信じないの
ナマやさしい次元ではなくなった。
頭に浮かぶのは
まるで人じゃない自分。
心は息を止めて
愛したキレイに瞳をふせる。
固まった魂はカサブタのよう。
なのに
涙は
いつものように…。

トゲの花。

　　　私はコドクを知っている。
　　　ろくに漢字にも変換できずに。

　　　私はコドクの中にいる。
　　　コトバつくす程ココは静かに冷めていく。

　　　コドクは私の中にある。
　　　胸にトゲの花飾ってかくせないの。

ちがう。誰ともちがう。私はそうじゃないんだ。

　　　共有できないトゲの花はコドク。

第2章　探そう。

その涙で逃げろ。

花のように笑い。
花のように何も思わない。

月のようにだまって。
月のように誰もせめない。

相手の不快はなぜなの？
相手の喜びはどこなの？

誰のための私なの？

解っていても
分からなくて
今日も鏡に問いかける。

答えはいつも同じ。
「なぐさめの気休めの涙で逃げろ。」

解りたい。

　　　許容範囲を
　　打っ壊されると…。
　　　大事なのに
　大事だって分かってるはずなのに…。

　　　　カラダ。
　　わたしのカラダ可哀想。

　　　　カラダ。
　　　きっと怒ってる。
　　　　そして
　　　それ以上に
　　　哀しんでる。
　　わたしに泣いている。

　　　あなたの痛みを
　　　全部解りたい。

　　　あなたの叫び。
　　　わたしへの愛。

　　　わたしへの愛。

歩み寄れない背中合わせ。

潜在と趣向がケンカばかりする。
現実と理想がどうにか仲良くやれたところで
これじゃ
このままじゃ
身がもたない。
頭、酸欠。心、窒息。

あたしはどっちをとる？
潜在と趣向。

わたしの場所。

確かめたくて。
わたしの場所。
よく分かってなくて。
みんなのやり切れなさ。
見つけられない哀しいわたしを
見てるみんなの心臓しんどい。
そこがみんなから見えないところなら
どんなわたしでもいいのにね。
でもたぶん寂しいね。
だってどこにも響かない。
自分を確かめる鏡がない。
哀し過ぎるね。
そこはわたしの場所じゃない。
うれしくて笑ってる
わたしの場所。
確かめたくて。

洞窟。

つぶすのはカンタンさ。
いたぶるフリして
まぎらすなんてなんとタヤスイ。

ずっとそうしてたよ。
わたしもずっと。

でもなぜかな。
最近はブレーキが働く。

飽きただけかな。

だからいま
あなたがもし
消えたい程に
自分を哀しむなら
愛せなくなるまで
あなたをかばい抜いてみて。

いずれ　必ず　気付く。

大切にしたい
本当のあなたに
あなたは出会うよ。

わたしたちは
逃げ切れやしない。
逃げるだけで終わらない。
終われないよ。

ガクシュウ。

どういう構造か知らないけど
私の回路は正直みたいで。

思考の産物が
心に負えなくなると
(ホントは心に持ってくるもんでも
ないんだろうけど。)
カラダが苦しむ。

単純でツライ。

少しはガクシュウ
しなくちゃネ。

いつのまにか。

「害さないように　害さないように…。」

人の中にいる胸の中は　臆病でつまってる。

「変なだけ　いつものこと。」

誰かの笑い声におびえる度　感情を閉じ込めて。

「ありがとう。　ありがとう。」

この中をイメージしてくれたのか
　　温かいその心遣いに。

私以外がいっぱいの世界に踏み出すという現実重ねて
　　皮肉にも私を自覚していく。

「逃げたい。」は少しずつやわらいで
「やってける。」がひとつずつ確かになる。

いつのまにか
「恐い」が「支え」に変わっていく。

あくまのふるえ。

解ってもらえない
勝手なくやしさを
冷酷な言葉に換えて
解り切れない愛に刺した。

そのうち孤独にとりつかれ
心は熱を忘れ
体はいまにもはみ出しそうに燃え
まぶたに狂気の姿。

おそろしくて　こわくて
「それだけはイヤだ!」と
ふるえながら叫ぶ
精一杯の頼りない「きれい」に
キズだらけの愛は
それでも
その肩を抱きしめた。

あくまがもし
本当にいたとしたら　いるとしたら
あくまのふるえを解かるのは
限りないぬくもりだけ。

そっと　ずっと　触ってくれた。
それだけで…。

赤んぼの気持ちに似てる。

僕は天使。

欲張るの好きじゃないこと知ってる。
でも望まないと神様も気づけないよ。
大事な想いなら神様まで届くんじゃない?
君はマリア様でも仏様でもないけど
きっと誰かを幸せにできる。
君はマリア様でも仏様でもないんだから
ちょっと欲張りなくらいがちょうどいい。
僕はそう思うけどな。

彼を信じる。

夢が
現実という舞台に立とうとするとき
夢は
不安という緊張感に苛まれる。

それまで
希望という充足感で安心していられたのに。

それでも
彼を
実現という至福で満たしてあげたいのなら
君が彼を信じることだ。

君が彼を理解すること。
君が彼を諦めないこと。

誰よりも君が。
他でもない君が。

素敵な季節。

朝起きて
鏡に映る自分が好きだ。

旅と言える旅なんてしたことないけど
きっと旅人は
こんな表情をして帰ってくるんだと思った。

素敵な季節。

神様が泣いてる。

こぼれ落ちる涙を
卑しく思ったことは
ありますか?

交われない関わりは
開けない私のせいで
わたしに戻る
ひとりの闇に
ピエロの瞳
ぬるくぬれて…

頭のなかの
誰かが言いました。

「涙は神様が拾うんだよ。」

みんなに嘘をついて生きてる気がするこのしずくも
神様は拾うでしょうか。

わたしは
神様を
忙しくさせてるのでしょうか。

上手くユルセナイ。

自由気ままに見えるあなたの息遣いは
人知れず人の中窮屈ね。

いつからそんなにもイマシメテルノ？

「繰り返されてくツミが重いの。バツが恐いの。」

あなたはあなたを上手く許せないのね。

思い出せるように。

過去の3分の1も
いや
4分の1も
もう
思い出せずにいる。

忘れたい場面は忘れられずに。

せめて
忘れたくない景色を
忘れないように。

そのときの大切な想いを
思い出せるように。

好きでいたい。

愛しいと思うものが
このなかにある以上
自分を嫌ったりしないだろう。

大事なものが増えたことに気づくとき
理由のない不安がわたしを包むけど
たぶんそれは不安というしあわせで
泣きたくなるのはそのせいだ。

いろんなものを捨てて
大切なひと達を傷つけて
いまのわたしがいるんだけど
だからっていつまでも閉じこもってる場合じゃなく
いまできることを
いまのわたしでやってくしかないと
いまは思っている。

愛しいと思えるものがある以上
自分を好きでいたい。

それでも。

あたしをいじめたはんにんに
救いなんて求めない。
笑えないいまを
にくんでもあきらめない。
人を信じるちから戻るまで。
あたしはまだここにいたいだけ。

あたしをいじめた流れに
救いなんて求めない。
笑えない顔を
にくんでもあきらめない。
人を信じるまなざし戻るまで。
あたしはまだ空の下にいたいだけ。

わたしたちはつよい。

空虚から逃げたくて
安易に諦めた。
諦めた味は
少しだけ苦くて。
諦めた感覚は
胸につまる感じ。
すこしすると
重たい脱力感。
だんだん視野が狭くなって
目が覚めたとき
いつの間にか眠っていたことに気づく。

この病気を
ヨワイで片付けるひとがほとんどだとは知ってる。
でもそういうの、もうどうでもいい。

わたしは知ってるから。
この病気の涙も。
そうじゃないひとには測れないココロの寒さも。

誰よりも
生きていたい気持ちがつよいわたしたち。

いつか
自分で
生きていられるように
わたしは
わたしたちは
自分と闘っていく。

わたしたちはつよい。

トラウマ？

ミンナのせせら笑いの顔が
この頭から消えない限り、
外の知らない笑い声にさえ怯えてイキル。

そんなあわれなカコを知らない誰かが
また
平気に
私を
笑う。

神様が話してる。

静かな海にはなれない。
どんなに捨てたいと思う感情も
わたしから消えてはくれない。
泣かない空もない。
行き場のない悔しさは
涙にかえてわたしは晴れる。
風が吹く。
風は吹く。
雨が降る。
雨は降る。
大事なことを教えるように…。

きっとわたし。ずっとわたし。

関わり合うことが
わたしには重く。

傷つくことを
相手のせいにして
脆さを
逃げる言い訳にして
逃げた逃げた
ずっとわたし。

たれかの
怒り
悲しみ
激しくココを揺らすから。
たれかの
涙
歓び

涼しいココを許せなくなるから。

責任と共有。
きっとわたし
面倒に思ってた。

ずっとわたし
怠け者でした。

うなずいてくれるまで。

喋り倒して　吐くの。全部になるまで。
あの時思っても言えずに飲み込んだかたまりを。
あの日涙と一緒に食べたひとりの昼ご飯を。
不味かったものも　美味しかった瞬間も全部、全部…。
今日も足りない。まだ届かない。
あの日の私に申し訳ない。
だから明日も喋り倒して。

あの私がうなずいてくれるまで。

アイマイ。

アイマイなしあわせってどんな？
アイマイに生きてる人間のよろこびって？

半分の私には半分のしあわせ。

押さえ込む胸の内は紙の上。
揺るがない自己を揺れながら守る。
誰にも言えない私の全ては
灰色と青と赤でいっぱい。
混ぜたことないから全然わからない。
花の色になれるか心配。

たっぷりの涙で育てよう。

まだ知らない海。

ここ数日　こみあげてくる苦しい感覚に
とまどっている。
泣きさけべば　きっとラクになるはずなのに
声をあげられない。
自分をなぐさめるために流す涙とは
ちがうような気がするんだ。
じゃあ　この感覚は　誰のため？　なんのため？
本当に大事なことに
頭じゃなく　心で
触り始めた？

現実という海を　いま私は
眺めている？

第3章　手を伸ばして。

ぐるぐるしてる。

ざわめきは　寒さに似て
石になりそうに　体　固くなる。
いつも人の気持ちが先で
その割には勝手な毎日。
一日の終わり、ベッドに潜って
懺悔と言い訳探し。
無名の夢までの道。

仕方ない。逃げていたから。
わからない。はい上がってから。

ココにいるわたしが見えなくなりそうで。

２００１．７．８に。

　　　どうしてなのか　思い悩む程に
　　みんなの熱を　私はずっと　通り過ぎていた。

　　　　ずっと私は冷たかった。
　　　　　くやしいくらい。

　　　　　　そしていま
　　　何をきっかけにかもわからないまま
　　　　　　私は少しずつ
　　　「人という自分。」を思い出してる。

　ときどきだっこする　最愛の猫のぬくもりも
目の前で私に熱くこぼしてくれた　妹の大粒の涙も
　　　　私は　まっすぐ　感じてる。

　　　みんなが　まっすぐ　伝わる。
　　　　　うれしいくらい。

いつか消えても変わらぬ愛。

朝に気づいて　夜に溶けて。

ときどきのラッキー（はーと。）と突然の迷子。

外に出たくなるブルーとたよりないグレー。

笑顔と涙。

包んでるもの。
包まれてるもの。

過ぎてくというやさしい流れ。

注がれ続ける時間という愛。
いつか消えても変わらぬ愛。

いつかあいたい。

みんなの
みんなにしかみえないきずが
きょうみたいなあめにうたれうずくのかな。

いえないきずには
いえないりゆうがあるのかもしれない。

ひとのいたみをわかろうなんて
かんちがいのただのぎぜんだったのかも。

まつよ。
はなしたくなるときまで。

そんなときがくるかな。
くるといいな。

「あの日」の話。

苦しみは
すくなくとも
自分の苦しみは
どんなに過去になっても
美しくはしないことにしよう。

きれいに誰かに話しても
相手には重いだけだ。
すくなくとも
私はそうみたいだから。

あの日の私を忘れる必要はない。
あの日の痛みをむし返す必要もない。

見えないから。

他人の経過など
誰にも計れず
誰にも測れない。

目の前が全てだなんて
単純にもなれないキズの跡。

ならば
相手の瞳の奥、
語れない湖の深さ、
イメージしたい。

逃げないで。

ちがくて
変で
とりのこされていきそう。

こわくて
急で
ついてゆけそうにない。

己のジャキが
目の前の瞳に映る。

いたたまれないのは
うそつきだからで

相手の不快は
おくびょうだからで

己を許せない限り
誰も愛せない気がする。

自信
と
誠意
と
覚悟。

逃げないで…!

まだ繋ぐ。

苦しい。苦しい。
苦しめば、苦しむほど
ささやかな愛を裏切っているようで。

助けてとは
誰にも望めない。
薬が待ってるから。

お腹をすかせた希望だけが
あたしを
痛くもつなぐ。

まだつなぐ。

ちゃんと感じて。

感謝して生きることが上手くできない私です。
歓ぶのがヘタです。
いえ、
歓ぶための努力が希薄なのです。
満たされていて充ちれません。
みんなのせいではありません。
足りないでいる私が怠けているだけのことなのです。

時に
終わりがやさしそうに手招いて
あなたのことさえ私を繋ぎ止められず
淋しい望みを平気で口にしてしまいます。
愛を悲しませてばかりです。

消えない約束はできません。ごめんなさい。
でも誰かが見てくれていることだけは
忘れないでいたいと思いました。

感じて生きていたいです。

たったひとりのそのひとの。

内側まで
キレイでいたくて
あふれ出る黒を
必死でぬりかえる。

イメージは
黒でも白でも
この頭の中のもの。

わたしだけの持ち物のはずなのに
にじみ出そうで
何かをこわしそうで
コワインだ。

だから待ってる。
ずっと待ってる。

たったひとりのそのひとの
「大丈夫だよ。」を
待っている。

たよりなくたのもしい愛すべきわたしに。

人を信じれないのは
たぶん　ヒキョウとはちがう。
人がコワイのは
たぶん　病気とは関係ない。

消えたキズは　見えないだけで
忘れた痛みは　思い出せないだけで
たぶん　癒えることはないんだと思った。

見えないでいい。
思い出せないでいい。
そのままにして　次へ進もう。

心　開く場所へ。
わたしで　居られる場所へ。

まだ　始まったばかり。
迷う日が訪れても
わたしを　忘れないで。

ジャキ。

ジャキが
それぞれの他愛ない戯れたちのためだけに存在したの
なら、
問題は無かった。
哀しくなんかなかった。こんなにも…。

「今しか見ない！
あたしのこの姿でしか判断してない！」
いつもずっと嘆いていた。

でもどこかで誰かは
過去にトラワレ、オノレを見失って、心を汚していく。

つじつまが合わない。
目の前を勝手な物差しで測るジャキ。
流れてきた痛い時間に身を委ねるジャキ。

わからないよ。

シアワセビンボーショウ。

苦しいので　今は　皮肉屋サヤカ。

しあわせビンボー症ってご存知？
しあわせなんて　もう私には無いのだと
悟ってしまうほど哀しい過去を持つと
　今このとき降り注ぐひだまりに
　　居たたまれなくなるの。

もったいない気がしてくるの。

治すには　たぶん　努力が要るわ。
　与えられるものに　値すること。

ふるえが止まるまで　あとどのくらい？

コノココロ、ヤマイ。

こころ　ここに　在らず。
人混みは
今も苦手で
どうしたいのか
わからなくさせる。

なつこいわりに
ザラザラが嫌いで
触れない。

「変に見えてるだろうな…。」
ぬけ殻が独り言。

「このこころ、病。」と、
自覚した。

涙の熱に頼るだけ。

どうしようもないくらい
この中でおさまらないほどの
あふれそうな
あばれ出しそうな
いろんな色の熱さ
こみあげて来ても
いまのあたしは
「ひとり」を決めた私は
伝えたい人を思い浮かべられるのに
ギュッと届けたい想いにぎりしめる。

ずっと　自分で選んできた道。
ずっと　自分が決めてきたこと。

これ以上あまえられない。

その時の
涙の熱に
頼るだけ。

あの日の約束。

いつの日か　ずっと若い頃、
私は、いつかの私と約束した。

「月のように　花のように　せつなく生きる。」
そんな約束。

いま私は、その約束を守れているのかも知れない。

でもきっと　あの日の私は
この約束を悔んでいる気がする。

だっていま、私はせつない。
堂々と生きてない。怯えてる。

教えて。何が恐いの？

判らない。
人が、外が、ただ恐いの。

あなたにいつも。

様ようなメロディーが
ふと点けたラジオの中でひしめく様に
わたしたちの気持ちは今このときにそれそれぞれで
「もう少し　この瞳だけは
見開かなきゃなのかな…。」
狭い私にわたしがそっと促す。
閉じた心は今もなかなか納得してくれないでいるけど
不器用でも呼吸できる「そのとき。」はちゃんとあって。

言い聞かせる先はいつも私に。
そんなわたしを聴いてくれる存在にいつも
風のようなメロディーを。

夢のとなり。

うれしいと上手く眠れない。
胸がいっぱい。
触りたくて。
確かめたいってこと。
誰かと共有したいってこと。

ひとりが好きな
寂しがり屋は
こういうときに
困ってしまう。

夢を追う。
そして
恋をする。

決めたの。
夢のとなりで
恋が待ってる気がしたから。

誰。

今朝の私がよくわからない。

起きたら胸が洞窟になっていた。
ひんやりした風
涼しく思えなくて
見覚えのある空しさが
私にそっと会釈しただけ。
埋めるように白をひとつ、またふたつ。
ざらつきながらお風呂に入って
あがれば心とのどが水に手を伸ばす。

操れない私を操るのは誰。

今朝の私がよくわからない。

素直なわたしで。

色をつけるのを止めてみようか。
形をつくるのを止めにしましょうか。

どんなに着飾っても
どれほど取り繕っても
ここにあるウソという影は
いつか誰かに見透かされてしまう。

そのままわたしを話してみようか。
このまま誰かに伝えてみようか。

傾いたままでもこの両腕を広げて。
くもり気味でも空は待ってる。
ひっかかりがあって今わたしだ。
ひっかかるから気になる言葉たちで。

素直なこどもたちと…。

心の温度。

　　人の心は　痛み易くて
　コワレテしまう時がある。

　　人の心は　傷つき易くて
　オビエル癖がついてしまう。

　　人の心は　迷い易くて
　ときに　ナクシタあとで気付く。

　　人の心は　揺れ易くて
　涙と笑顔がイリマジル。

　　　心の温度は
　　持ち主の姿。

思うほど弱くなく、思ったより強い。

まだ分からないだけで
あたしが感じるココロのゆれのほとんどは
あたしじゃない人たちのココロの日常茶飯事。
まだ聞き分けのないコドモのままに
あたしは一大事のようにそのつどぐずってる。
みんな苦しい。
みんな寂しい。
そのうちコドモは解るだろう。

思うほど弱くなく、
思ったより強い自分を。

遠い場所、また遠く。

ゆだねる先は
見えるようで
見えないような
遠い場所。

外を歩く力さえままならないんじゃ
そこはもっと
遠いところ。

どうか
今日も
狂わないように。

どうぞ
わたし、
今日も
笑って。

今わたしは元気だよ。

あなたのその痛み　解ってくれる人がいる。
あなたのその涙　触ってくれる人がいる。

わたしにちゃんといたように。

その人は瞳をそむけなかったよ。
わたしのこのキズに。
この想いに。

だからあなたもこわがらないで。

精一杯であなたを。
あなたの精一杯で表現して。
あなたの伝え方で。
あなただけのやり方で。

通り過ぎてく人達もいるよ。
見つけてくれる人もいるよ。

たとえそれがどんな形でも
その人があなたの熱になる。
たとえいつか色を変えても
その人はあなたの「ずっと。」になるよ。

今
わたしは
元気だよ。

闇に帰る。

　　　一歩引いて
　　　線を引いて
　　　目の前を見てる。

うすく　ぼやけた　私の現実。

感じ取れるものは
ガラクタのようなギザギザばかりで
希望のつぼみが
またタイミングを逃すだけ。

　　ケズラレテルノハ　私なのか
　　ケズレテルノガ　私なのか
　うまくかみ合わないぬくもりに
　恐れを覚えて帰ってくるよ。

　　　大切な熱はいつも
　　闇に似たこの胸の奥にだけ。

愛が重たい。

ささくれ立った青い胸の奥
いろんな感情がからまって痛い。
人なのに
人がわからなくなるばかり。

たわむれを酷く恐れて
いろんな瞳がつきささって痛い。
人なのに
人がこわくなるばかり。

愛なのに襲いかかる。
愛だから逃れられない。

確かめ合いたい気持ちは理解できる。
確かめ合いたい気持ちが見当たらない。

大事な欲望さえ忘れてしまいそう。

ふち。

どんどん景色が薄くなるよ。
新調したレンズもフォーカスが合わない。

だって見たいものなんてここにはないのだもの。
だから描きたい言葉も遠く遠く。
お絵かきなら頭でどこまでも。
ふちがないから思いのまま。

外に降り立てばふちだらけ。
つまらないぬりえの世界。

私は棄権させていただくわ。
私の偏見はまだ色濃く残っているの。
あなたたちのおかげにしたいくらいよ。
その誤解もう止めてもらえないかしら。

私、
あなたたちのために這い上がった訳じゃない。
ふちを押しつけないでいただける？

たかびしゃなひがいしゃ。

水面の顔で
音を忘れた感情と一緒に
街を歩く。
「秋」の似合う空と温度。
許された自由。限られたスペース。
途切れない波。絶え間ない揺れ。
「空き」がさまよう、胸に身体に。

みんな何を探してるの？
私、
どこまでも
たかびしゃなひがいしゃ。

ゆくえ。

いろんなコトが
幾度となく絡み合って
いろんなモノが
それぞれの瞳に襲いかかって
今ここに幾重もの感情、立ちすくむ。

あのときわたしたちが望んだものは
きっとただ一つの何かだった。
けがれない大事な何かだった。

流れて流れて
時にもがいて
わたしたちは今ここで。

さあこれから何を望む？
さあここから何処へ向かう？

捜さなきゃ。
その心でかき分けて。
その心でかき分けて。

プラチナ。

穴を埋めるように　過ごしてる。
空っぽはやってくるから
のみ込まれる前に　夢中になれる時間を
あわてて探すんだよ。
穴は過ちのにおい。
消せない過去の風が吹く。

皮肉かな。
穴があるから動いてる。
まっさらに進める瞬間は
プラチナのようにまぶしい。

それだけのコト。

わたし甘えてたのかな？
ずっとやさしい箱の中。

苦しい。恐い。
哀しい。嫌だ。

できない、できない…。
何していいかわからない。

わたし甘えてたかもね。
ずっとやさしい闇の中。

消えたかったのは、
消えたがったのは、
意味が無いから。
意味の無い自分。

鳥かごの中の鳥は飛ばない。
暗闇の中ではわたしは見えない。

それだけのコト。

なつかしい私の声。

哀しくて犯したいくつかのいつかの罪。
もう
あたかも存在しなかったかのように注がれる「今」。

遠くなる程薄くなって忘れそうになるけど
この哀しい罪は思う以上に重い。
それは回数とかじゃなくて
私を愛する存在の心の深くに今も
沈んでいるから。

そう思った今日、
ふとやるせなさがやってきたけど、
「今私はここにいる。」と
なつかしい私が
教えてくれた。

空を見てた。

空を見てた。
レース越しの窓から
青を探してた。
ずっとずっと
それしかできないでいたよ。

学校の帰り道。
あんな青になりたいと
見上げた空に願ったわたし。
なんでだろう。思い出すよ。

いつもいつも
よみがえるのは悔しさばかりで
その度
わたしのためだけに泣くんだ。

それでもちゃんと恋をしてるよ。
ココロが一人前にいそがしいんだ。

みえないから信じられる。
未来も愛も。

違うかもしれないけど
今はそんな気分です。

どこかでわたしも。

充足感に押し出されるように
涙になった熱い想いが溢れるよ。

夜に一人、鏡の前で。

誰かと比較して、勝手に絶望した己の姿。
悔しくて悔しくて哀しかった苦痛の毎日。
どんどん遠ざかっていくよ。

自分だけの力でない、
きらきらして柔らかい風がいくども吹いて
自分に気付かされてきた。

人は人で苦しむのに
人は人で救われる。

わたしもどこかで天使になっていたい。

不安は。

いつか知れない悲しみを
こわがっているだけでは
その時をただ待つことと同じ。

不安は
捨てられなくていい。
捨てないほうがいい。
持ってく勢いの気持ちで。

いまをふるえるなら
次をイメージしてみることだ。

いたたまれないのなら
無理にそこにいる必要はない。

いたたまれないのは
「進め。」の合図。

きっときっと
「新しい何か」の序曲。

あの空に還さなくちゃ。

自分の本当の歓びを探さなきゃ。
ココにいる理由を探しに行かなくちゃ。
未来を望めても
今がよく解らないんじゃネ。

正直、独りの世界が欲しいけど
どこにもないこと知ってるから。
少なくともわたしには、
それは探せないって
分かるから。

精一杯の愛。

わたしはずっと
哀しい子供でした。

目の前の全てを
「当たり前」と覚えて
「そのまま」で
生きていました。

その頃はそれで良かったのだと思います。

初めて
「思い通り」が
通らなくなったとき
「期待」を
止めてしまいました。

自分の負と闘っても
勝てない日々がツラかったのです。

自分をあきらめ
　　愛してくれるひとを悲しませ
　　もう何もみえなくなりました。

心に映らない日々が続きました。

　　何度も裏切るわたしを
　それなのに愛してくれる神様を
　　　わたしは長い間
　　　解りませんでした。

　　　　今は解ります。
　　　神様の気持ちも。
　　　わたしの気持ちも。

わたしは　生きたかったんです。
　なのに上手く生きれなくて
　　くやしかったんです。

目の前の自分が哀しかった。

わたしが生きているのは
今　ここにいることには
理由があるのだと思います。

生きているということは
それだけで
やるべきことがあるということ。

それが
神様の気持ちです。

生きている者たちへの
きびしく
やさしい
気持ちです。

そこにあるもの。

毎日はそこにあって
そこにたくさんの感情が生まれて。
ひとはそれに突き動かされ
その時間を過ごしていく。

どうしようもない黒い夜も
やがて夢に溶けていけば
白い朝に辿り着ける。

みんな
誰かの中に生きていたくて
それが生きてるってことだから
出会いを求めてゆくのもアリなのかもね。

でも忘れないで。
あなたが自分で選んでるってこと。
だから失わないで。
あなたの中のコドクをちゃんと見つめて。

その先にいつか見えてくる。
いろんなことを受けとめてるあなたが
きっとそこにいるはずだから…。

スガッテル？

過去が遠くなる。
キズを忘れそうな程。
緩やかな今が
さもずっと続いて来たかのように微笑む。

そしてココはいつもその度おびえるんだ。
「タイシタ努力もしないで
よくもまあぬくぬくと…。」
私の中に誰かがいる。
こんなフウに脅すんだ。

たぶんその人は「オイメ」という名の私。
だからコソクでも必死に思い出す。
過去に、キズに、置いてかれたくない。

うまく言えないけど……スガッテル？

落として。

なぐさめたくなれば
己をオトシメ、サゲスムまで。

わたし流の
泣けないときの泣くための過程。

だらしない香りが
ちょっと鼻につくけど

乾いてたり
怯えてたりする時によく効く
オリジナル・アロマテラピー？

少しでも潤えば
窓がみずみずしく開くよう。
心に少し新しい風。

落として　沈んで　ひたって　浮かんで。

不思議。

　　　昔むかしの過ちは
それはそれは　痛いイタイものです。
　　　　相手にとって
　　　身を裂かれるほどの
　　　　自分の罪です。

　　　何年かが過ぎて
ひとつひとつ、この胸のトゲは
　　それぞれにヒニクにも
自分の成長を促して来ました。

　　時折　思い出す度
相手の痛みも　この胸のトゲも
　同じ涙になって流れます。

　　　不思議ですね。
私はこの不思議で救われています。

不思議というのは大抵において
　やさしいものに思います。

最後の私。

相手のアラ探しなんて柄じゃないし、
そういうヒマは要らない。
疑ってかかる毎日は、
時間と共に少しずつ薄くなった。
どうせ比べるなら、
明日の自分を今日の自分と比べてたい。
シンプルすぎる人間性と、
たまにテコズル迷路な人格。
情が薄いとは認めても、
薄情だとは思っていない。
動く「心」に感謝して、
持てる意志ならやっぱり磨いて。
見える景色に瞳をふせないで、
泣けるなら諦めなくていい。
いつか消えても
思い出してくれる存在守って生きる。

そして
最後に私を守ってくれるのはたぶん、
最後の私。
最後に私に笑って手を振るのはやっぱり、
最後の私。

苦しい過去も、やさしい未来も。

苦しい過去がなげかける。
「ツラくなったら　思い出してね。」

痛くなる今を包んでくれる。

やさしい未来が戒める。
「待っているから　大切に生きて。」

痛くても今を抱きしめるよ。

生きるって苦しいから。
生きてるって素晴らしいから。

宇宙。

夢の入り口の手前。
さまよう意識。
その中で…

みんなみんな
宇宙でサマヨウ。
そんな気がした。
把握などできない
知れないままの
「夢」の中で
わたしたちはサマヨッテイル。

差し出しの名の無い
不安を受け留め
確かな感触を
つよく求め
いつのまにか
夢へ流れてゆく。

永く短い旅の
夜明け。
少年はただ
やさしい朝を知る。

まわっている。
何かが
絶え間なく
ゆっくりと…。

わたしたちは
それを
ホントは
見つめているんだと思う。

決して
ふりまわされているのではないと思う。

そこに
ゆるがない
熱い想い
在る限り…。

ひかり。

体が重たい。
薬を飲みたい。

服用すれば
そのうち顔が。

安を選(と)るか。
我を選(と)るか。

もう決まっている。
ずっと治ったから。

今がうれしい。
先にひかり。

第4章　love

ただひとつ、ここに　確かなこと。

確かめられないそのもどかしさに感けて
わたしの日々を少し流して過ごした。

毎日の些細な感動に
どうしても心を預けられず
孤独を好んで憎んだ。
何度か眠るまで泣いて
幾つかの頼りない夢に救われ
忘れていた自分の痛みが妙に愛しかった。

今またあなたの声で起こされる。
わたしはそのひとを愛している。
ただひとつ、ここに
確かなこと。

ユラレテ。

よりどころ　めのまえに　まようこころ。
そのこころ
ひととしてのリスクのなせるところ。

忘れたキズがしみる予感＝不安
焦がれたユメがさめる瞬間。

続きがあるから　今日も眠れるのに
続きがあるのに　明日を望めないバカな時もある。

しずみかけた気持ちも
かわきかけた涙も
どっちつかず、あなた次第。

夢中になれるあなたがいれば、
わたしも知らない欲しい全てが
笑いかける。

愛しい恋。

ホントは
今すぐにでも
その手を求めたい。
その心を
きっと誰よりも
わたしは欲しがっている。

もう
胸張って言える程の美しい人間ではなく、
あなたにＹｅｓ．をもらえる自信はなくなった。

それでも
あきらめられないのは
スガルほど
この恋を
愛しているせい。

女々しい私が
苦しく
愛しい。

応える愛に包まれて。

愛すべき仲間たちが教えてくれるのは
まっすぐに生きる姿の美しさ。
わたしたちが可愛いと思う理由は
命に健気な彼らの眼差し。

混じり気のない気持ちと
信じるチカラ。
応える愛を知っている。

いっぱいいっぱい見ていたい。
たくさんたくさんそばにいて。

指定席。

彼女の心には大切な空席がある。
予約も入っていないのに。

どんなに悩む客が多くても
彼女はその席を守っている。
「大事な約束があるんです。」
申し訳なさそうに合い席を断る。

本当は分かっていた。
どんなに経っても満席にはならない。
目の前のこの席はいつまでも空席だ。
それでよかった。

雨の夜、ずぶぬれの客が訪ねて来て
彼女の前で足を止めた。
「ここ、約束ですか？」

いつものようにすまない気持ちで
「はい。」と答えようと
その人を見上げた彼女は瞳を疑った。

約束が、
果たせないはずの約束が
目の前に居たからだ。

ずっと待っていたみえない約束が
彼女の瞳にやさしく映っている。
ずぶぬれなのに笑っている。
彼女に笑いかける。

逆に彼女は泣いていた。
いろんな色の涙をこぼして。

まだ目の前で立ったままのやさしい約束に
彼女は
「座ってください。あなたの席です。」
と
ゆっくり、ずぶぬれた瞳をふせた。
「ありがとう。」
ずぶぬれの約束は
温かいその席に静かに座った。

彼女の心は満席になった。

幻に帰る時。

あなたはもうわたしを見ない。
あなたはもう笑ってくれない。

そんな寂しい予感が走った。

わたしの瞳はあなたを追わない。
わたしの胸はあなたに明かさない。

そんな哀しい決意が過った。

いつもこうやって過ぎて行ってしまう。
恋か愛かもわからぬまま…。

　一喜一憂が幻に帰る時
　あなたを思った全てのわたしは
　背を向けて、手を振って…。

届けたかったのは　わたしの存在で
欲しかったのは　気にしてくれる存在で
身勝手な想いは重過ぎたね。
罪深く沈む。
夢の裂け目に…。

堂々巡り。

心がさわいでいます。
本当のわたしがしゃべりたがっています。
そして紙の上。
そんなときはいつだって
あなたに帰りたいわたしがそこにいます。
知れない部分は都合良く色付いて
あふれる想いにつながるのです。
名を馳せる人を思ふということは
こんな風に息がつまるくらい果てしなく、
胸をしめつける程ココロ不自由です。

そんな風にしか愛せないわたし。
そういう恋しかできない体質。

堂々巡りはまだ終わりそうにありません。

終わりたく、ありません。

神様の形。

いっぱいで帰ってきて。
達成感に似たうれしさをおみやげにして。
一緒に時間を分け合った歓びの続き…。
さてと
わたしに振り帰る私はどんどん空いて。
一緒になる前のウキウキのメイクが
今はピエロの顔になって。
消えそうな瞬間の場所を思い出して、
消えてしまってもいいような
居場所の無さに泣いて甘える。
でも
よくは知らない空の存在が本当に在るように、
次の場所を思い出して
ピエロは笑いました。

執着の薄いわたしにそれでも

ココに居たいと願わせるような
勝手に残してゆけないまだ見ぬあなたに
いつか逢いたい。

その時あなたは
わたしの神様の形をしているのでしょう。
神様を救える人間はいる。
と
思っていたいです。

夜。

からだが「寝よう。」とさそう。
頭もあまりもう働いていない。

でも心はいまももがいて
　　眠りたがらないの。

「つなげたい　この指の先から。
届かない　その胸の奥まで。」

　　　求めても
答えはここまでやって来ない。

　　分かっていても
　　　探してしまう。

　　　　せめて
　　　同じなにかを
　さわっていたい夜。

優しい恋人。

いつも側にいてくれる
愛しい小さな王子。
あなたの寝顔も食べる姿も
わたしは大好きだ。
みつめるわたしの心の中は
くすぐったさとこわさが混じる。
やっぱり他の誰でもイヤ。
愛してるってことだもん。
泣きじゃくるわたしを感じて
いたたまれなさそうになるあなたは
やさしすぎる。
愛されてるってわかってる。
いっぱい一緒にいた。
いっぱい一緒にいる。
どこにも行かないと約束するから
あんまり心配しすぎないで。
消えそうなわたしを呼ぶあなたの声を
わたしは忘れない。

せつないほど優しい　わたしの恋人。

恋の水。

水辺に顔を寄せる。
「変な日本語…。」
両手に残る　あなたの眼差し。
「片思いなんて大抵。」
いくらすくってもこぼれてしまう。
「砂時計のせつなさ。」

でも切れない。
どこにも行かない。
消えない恋の水。

いさぎよすぎてあきらめわるい。

こんなに疑って苦しいのなら
想い手放せばと考えてみても。

どんなに思っても渡せないのなら
苦しみといっしょに捨てたっていいのに。

逃げ道知ってる。
次が無くないことも。

アワヨクバじゃなかった分だけ
惜しくて。
すきとおってるきらきらした恋
愛しくて。

いさぎよすぎて
あきらめわるい。

ここで。この中で。

何かを信じられなくなったとき
苦しくて
苦しくて
泣き叫びたくて
でも
こらえて
両腕で
両足抱きしめて
震えるからだ守るよ。

愛したいから
きっと
愛しているから
頑張れるんだと思う。

ラストの涙　にじむ頃、
まぶたに映るのは
信じてる存在への想い。

こみあげる情熱はぬくもりになって
わたしに熱をくれる。

温められた心に
信じる力がもう一度。
何度でも戻ろう。
あなたを思おう。

ここで。
この中で。

クローバー。

4枚の葉を探すように
幸運の言葉を探してるの？

私の葉っぱはまだバラバラで
つじつま合わせで手一杯。

行き当たりバッタリの小道。
いつかどこかで誰かとの道。

私が探してるのは
たぶんラッキーなクローバーじゃなくて
ただ共に生きていく運命のパートナー。

私の葉っぱは「あなた」に続いている。

「あなた」に逢えた瞬間に
ラッキーなクローバーになる…。

コエテシマウチカラ。

もしかしたらまだ
半分もきみを知らないわたし
　　　だけど。

もしかしたら知らず
きみに痛み届けてしまうわたしが
　　　いたりするけど。

知らないきみの部分も
すれちがう瞬間の距離も
　コエテシマウチカラ。

きみの中にわたし。
わたしの中にきみ。

少しでも温まるなら…。

宝物の存在。

　　　　泣くの好きだし
　　せつないストーリーに妙にびんかん。

　　　　いつからかのこの体質。
前は　それで　よかったような気がする。
でももう　いまは　それじゃ　いやなの。

　　　宝物　みつけてしまった。
　　　　　続きたい恋。
　　　　　なくせない愛。
　　　不安だって持ってゆける。
　　　　しあわせに向かって…

片思い。

どこにもいない私を
あなただけがみつけてしまう。

心消えそうな
ふるえる夜は
どこかで
あなたが
私を触っていて。

もうすぐ
この夢も覚める。
醒める？

まだ私は
眠っている。

いつか
この夢と
目覚める。

わたしのたった一人。

喋れない気持ちは
語れない想いは
息がつまる涙の手前へ
わたしを導く。

正直になれるのはいま、このときだけで
溢れる素直の自分が
大事な誰かの胸の痛い響きと
知ってしまったわたしの彼女は泣いてる。

孤独の温もりを覚えてしまった。
孤独を好む自分に気付いてしまった。

己とにらめっこ。
向き合って、探して。自分、探して。

気が付けば外とズレてる自分。
世界がぼんやりと見える。

そろそろ見つけなくちゃ。
この左手を放さないでくれる人を。
隣で解っててくれる存在を
ここから探しに行くとしよう…。

その花びらに恋して。

しなやかで　まっすぐな　美しいひと。
　きれいで　凛々しい　花びらから
響いて　つたわる　まっさらな想い。

　　これという　きっかけもなく
わたしは　あなたを　見つめ始めた。

さわりたくても　こわくてさわれない
　　　　誰かのその花に
精一杯の水を　あげたいだなんて。

あなたは　わたしの水を欲しいですか？

　ききたくても　こわくてきけない。

　　　あなたの花は　今
　　どこで咲いているの…。

そのひと。その存在。

まだ傍にはいないけど
いつかとなりにいてくれる
そのひとの涙を
わたしはツラく想うんだろう。

好きなひとが泣く姿を見るのは
イメージが得意なつもりのわたしでも
想像がつかないほど苦しそうだ。

愛する存在なら知ってる。ココにいる。
胸の真ん中にちゃんと在る。

わたしは
その存在の涙になりたくない。

これがいまのわたしの想い。

第5章　ひかり

感謝でいっぱい。

過去になろうとしている
暗闇の中にいた時間。

何も見えなかったけど
何を見ても
何も映らなかったけど
そんな迷子の少女を
たくさんのやさしい瞳が
静かに見ていてくれたことを
彼女はいま思い出してる。

苦しかったけど
自分が哀しく思えてツラかったけど
不幸とはちがったと
彼女はいう。

暗闇の中で
少女は幸せに包まれていた。

わたしは幸せ者です。

選べる今ならば。

いちばん欲しいものは
もらえない。

それは探すためのものだから。

いらないものばかりの
この時代が
わたしたちの今の宿題。

離れてしまえば
苦しくない場所。

離れてしまえば
それまでの自分。

選べる現実に
感謝できるなら…。

秋は知ってる。

静かな午後。
穏やかな空気。
秋は約束を守るみたいにやってきて
わたしを
みんなを
包む。
それぞれの気持ち
それぞれに揺れて
秋はそんなわたしたちを
黙ってみつめている。
ひとを許せるこころを捜してきたけど
その術をいちばん知ってるのは
秋なのかも知れない。
わたしたちのこころの隙間を解ってるのは
秋なのかも知れない。

こもれび。

重なる歌に
包まれ
そっと
やさしく
やっぱり
秋が染み込む。
この季節に
よろこびをもらって
ここまで
無我夢中で
感謝してきたのかな。

７月のカケラ。

木と草のにおい。
夏が薫ってた。

自分で選んだひとりの７月。
飛行機の音。
ラジオをときに横切っていった。

光と闇のくり返し。
星と話してた。

自分に悩んだ独りの７月。
電話の声。
不安をいつも拭って「おやすみ…。」

もうずっと昔。ある夏の話。
いろんな色でまぶしい時間の欠片。

忘れないという贈り物。

例外などない。
特別などない。
絶対などできないけど

虹はやさしく消えて
心にきれいに残る。

流されず続く。

　　眩し過ぎたコドモの時間。
　やがてズレた時代がやって来て
　あのコの景色が歪み始めた。
　自分を見失った冷やかな感触が
妙にしなやかにあのコを取り囲んで。

　　眩し過ぎる大人？の時間。
　　ズレてた時代が追いついて
　彼女は意志を掴み始めている。
存在を手に入れた涼やかな感覚が
　不思議に温かく彼女に馴染んで。

　続きは　続きは　また今度ね。
　　続いて　続いて　また明日。

明日がまぶしい。

注がれる今を今いっぱい浴びて
気持ち、形、愛のかけらたくさんもらって
「いま私はここにいる。」
今やっと感じてる。
見ないで過ぎた痛い日々さえ
「いまの私を支えてる。」
今やっと感じれる。

どこまでいつまで感じていくのか。
宇宙に似てる内緒の話。
ヒミツに理由があるように
知らないでいい明日がまぶしい。

「これからは少しずつ信じていこう。」

これからを今大切に思ってる。

絶対に限りなく近いところで。

真っ黒でいっぱいになって
通り過ぎたはずの憎しみで熱くなって
暗闇がやさしく手招きするのに
あの瞬間が、
眩しい一瞬が、
またあたしに愛を注ぐ。

あたしの何のための繋がりなのかは判らないけど
あたしからあなたは消えないみたいだ。

絶対に限りなく近いところで。

青い約束。

空と海と地球の約束。

「果てない想い。」
「絶えないリズム。」
「儚い気持ち。」

青に洗われるその心に
青を愛するその鼓動に
青が包む全ての炎に
空と海と地球のワケを。

青という約束を。

臆病な窓、うそつきのドア。

時折考える。
揺れ動く旅、理由と答えを探して。

自分の中で生きてきた私に
数少ない大切なぬくもり達が
少しずつ出口を教えてくれている。

外という世界は外じゃなく
世界の中の私だと、
やわらかく現実に呼び戻されていく。

電話越しのなにげない声。
忘れかけていた聞きたかった言葉。

大事に思う存在は
信じたいと願い続ける臆病な窓に
風を送る。

頑ななうそつきのドアを
ノックする。

私はきっと変われるだろう。
いつかこの心は開くだろう。
そしていつの日か気づくのだろう。

わたしでいいんだ。と…。

著者プロフィール

響木　叉夜禾 (ひびき　さやか)

1975年10月5日生まれ　AB型
好きなアーティスト　BONNIE PINK、GARNET CROW、B'z

それぞれのわたしに。

2003年1月15日　初版第1刷発行

著　者　　響木　叉夜禾
発行者　　瓜谷　綱延
発行所　　株式会社文芸社
　　　　　〒160-0022　東京都新宿区新宿1－10－1
　　　　　　　　電話　03-5369-3060（編集）
　　　　　　　　　　　03-5369-2299（販売）
　　　　　　　　振替　00190-8-728265

印刷所　　株式会社エーヴィスシステムズ

©Sayaka Hibiki 2003 Printed in Japan
乱丁・落丁本はお取り替えいたします。
ISBN4-8355-4962-7 C0092